Ma plume à Pierrot

Damien siobuD

Ma plume à Pierrot

Loi n°49-956 du 16 juillet 1949 sur les publications destinées à la jeunesse, modifiée par la loi n°2011-525 du 17 mai 2011.

© 2022 Damien DUBOIS-SIOBUD
Édition : BoD – Books on Demand, info@bod.fr
Impression : BoD – Books on Demand, In de Tarpen 42, Norderstedt (Allemagne)
Impression à la demande
ISBN : 978-2-3220-1816-1
Dépôt légal : Février 2023

Avant-Propos

« Pierrot, mon ami Pierrot, je suis là, toi dans ton rêve, moi sur mon astre, peuplé de souvenirs, chargé de maux, embrasé de ta sensibilité. J'espère que je saurai les décrire, ne parlerai pas faux. Dors paisiblement, laisse-moi le temps de retranscrire ce que tu m'as laissé en héritage. C'est moi qui te réveillerai à l'issue de ton voyage. Tu te réveilleras, je te l'assure, de ton vaisseau en transhumance, comme un roi accueilli à Paris, sortant d'une diligence. Cesse de transpirer et de te retourner dans tes draps, je te retrouverai là, tout haut, tout en haut ».

Chapitre I :
Mon ami Pierrot

LE PRESENT DE PIERRE

Pierre est un garçon qui aime le calme. Il passe souvent quelques heures, le soir, à méditer avant de se coucher. Déjà, vers seize et dix-sept ans, il s'endormait mal. Trente-six ans après, il a pris le parti de s'accorder ces quelques heures du silence de la nuit dans son HLM, dans son fauteuil, sur des musiques douces (« *soft music* », dit une *web* radio avec un mauvais accent anglais), plutôt que de se mettre devant un écran de télé aux profusions d'images, de publicités et de sons disharmonieux.

Ainsi, même s'il ne croise pas grand monde dans la journée, quand il sort de chez lui, avec ou sans sa compagne, ils ont tous les deux toujours l'esprit gai et enjoué et ne ratent pas une plaisanterie à ajouter avant de quitter leur conversation. Que cela soit au *drive* ou chez le buraliste d'e-liquide, il y a toujours un mot pour rire, pour montrer leur gratitude à un vis-à-vis agréable.

Ce besoin de méditation se fait de plus en plus sentir dès l'automne. Sans activité passionnante, il approche de la retraite après de nombreuses difficultés professionnelles et se demande ce qu'il va faire, moins allant physiquement et aussi moins inspiré pour faire les choses, désabusé par la vie, par son père qui lui a notamment retiré toutes ses passions, dont la culture, et les administrations ne lui ayant que très rarement porté chance.

Ce serait même l'opposé : dernièrement, il a été contraint d'arrêter le travail sur son site de vente de petits jouets peu coûteux mais choisis et va sans doute renoncer à payer annuellement ce site ainsi que celui de l'Amusant Musée[1], qui lui avait demandé tant d'heures de « consécration », chez lui, jour et nuit, ou chez son meilleur ami, décédé il y a deux ans et un mois, ou encore dans les hôtels où il dormait la veille des spectacles d'objets en maison de retraite, spectacles de l'Amusant Musée, pour faire travailler la réminiscence, l'attention, mais aussi les joues de larges sourires ou les visages d'émerveillement.

---

[1] http://www.amusantmusee.com/

Entre Tours et Bruxelles

Pierrot dans le fief sabolien

Le soir, pour démarcher les maisons de retraite (deux mille enveloppes en septembre, deux mille en février), s'il ne faisait pas l'aller-retour dans la nuit pour venir me voir à cinquante kilomètres de chez lui, il imprimait les *prospectus* sur ses machines jet d'encre, veillant à l'approvisionnement en papier comme en encre. Car c'était tout un cirque pour imprimer les pages quinze par quinze. De plus, après le *recto*, il fallait faire le *verso* sans se tromper de sens (haut et bas) pour approvisionner l'imprimante.

« Canon, *you can* »... oui, mais difficilement ! En fait, il fallait avoir l'œil sur le résultat car, bien sûr, les cartouches étaient séparées du fait de l'obligatoire disproportion de couleurs donc d'encres dans la page. Il essayait d'utiliser chaque cartouche de couleur jusqu'à ce qu'elle soit épuisée. Durant une maintenance d'une des deux machines encore sous garantie, le réparateur, voyant le nombre de pages tirées enregistré quelque part, lui avait dit n'avoir jamais vu une imprimante si bien rentabilisée.

Plus tard, il s'est décidé à acheter à crédit une machine laser couleur de qualité professionnelle, dont le toner, une fois sur le papier, ne tachait pas à la moindre humidité et qui demandait aussi beaucoup moins d'entretien et de temps. Ce temps libre, il pouvait le consacrer à l'impression des enveloppes et à faire des ajouts ou mises à jour de sa base de données d'adresses. Il fallait le rembourser, ce crédit, et disposer d'une vraie imprimante payée !

Le spectacle pour les enfants n'avait jamais, lui, été rentabilisé. Pourtant il s'était, par les pages jaunes des bottins qu'il commandait au début, plus tard par le *net*, créé une base de cinq mille adresses d'écoles primaires et maternelles.

Pourquoi, si les enveloppes étaient à faire soi-même, ne pas faire imprimer le *prospectus* ? Parce que la réussite du spectacle n'était pas garantie, la fidélisation non plus et SURTOUT, le comédien principal, son père, même si au coffre robuste et à la voix qui porte, était un homme de plus de soixante-dix ans, qui avait fait un cancer de la prostate et un AVC. Faire un gros investissement en passant par un imprimeur, il ne pouvait se le permettre, d'autant plus que les tarifs affichés démarraient bas et qu'il fallait pouvoir les adapter comme améliorer ce *prospectus*, principale source de revenus hors saison du musée.

Pierrot, je l'appelais ainsi, me disait tout, car j'étais son confident, jusqu'à ses angoisses d'avoir les quatre cents à huit cents kilomètres à faire par jour en semaine bleue[2] et les installa-

---

[2] La semaine bleue est la semaine des personnes âgées. Une loi ayant voté l'obligation aux maisons de retraite de faire des animations

tions-spectacle-rangement dans la voiture bondée. La grosse difficulté était peut-être, avec ses crises de mal-être, qui ne l'empêchaient pas d'agir mais de se concentrer, lui demandant de tripler l'effort pour atteindre l'objectif, de mériter un cachet, et enfin, souvent tard, de rentrer soi et son trésor d'objets intacts au bercail ou à l'hôtel.

Le père se laissait porter par le fils qui, avec toutes ces responsabilités, profitait peu des dépaysements.

Je l'ai vu avec certaines de ses crises, chez moi, occasionnellement, et ne savais comment l'en défaire, sinon lui procurer du calme complet. Elles étaient certainement aussi pénibles que mes crises d'épilepsie étaient dangereuses, car elles duraient parfois des heures.

Près de son père, sans doute grâce à l'habitude qu'ils avaient l'un de l'autre et aussi à un bon travail d'équipe bien défini et rodé, il avait peu de crises d'angoisse et le rôle du *clown* triste lui revenant, cela était moins inquiétant.

Je me souviens qu'un jour, mangeant au *kebab* à une terrasse, le bruit incessant des voitures et une mauvaise fréquentation croisée, que l'on supposait un *dealer*, m'avaient tellement troublé qu'il l'avait ressenti et m'avait proposé de rentrer. Ce jour-là, nous étions partis avec nos com-

---

régulières, cette semaine, en automne, est souvent la période de choix des représentations de spectacles.

pagnes mais sans voiture, et mon épilepsie « montait » en même temps que je peinais à rejoindre la maison.

Pierrot, de sa corpulence de la quarantaine d'années et de son mètre quatre-vingt-six, m'a entouré de ses bras par la taille et m'a soulevé. J'étais tellement surpris de son geste et de sa force que cela a dû enrayer la mauvaise mécanique de mon cerveau et, comme « déconnecté de ma contrariété », « le circuit était rétabli » : reposé au sol, je sentais cette énorme fatigue que lui devait connaître dans et après ses crises un peu pour les mêmes raisons, mais je n'étais plus tremblant du gros souci maintenant passé.

Sa compagne nous a peu après rejoints. Connaissant mes crises qui m'avaient valu notre séparation — en effet, elle avait longtemps été ma conjointe et devenait progressivement la sienne —, car j'ai longtemps refusé de prendre mon traitement régulièrement, elle était revenue rapidement avec le bon médicament et je m'en suis retrouvé complètement soulagé.

Oui, pardon, j'ai oublié de me présenter, je décris Pierrot comme si c'était moi, mais je vous dirai peut-être plus loin pourquoi tant de détails sur lui. Disons juste que ma vie n'était pas passionnante avant lui et que je vivais à travers lui et ses confidences.

Il lui est même arrivé de venir me demander secours, pour une fois de jour et, sentant que sa voix était trop troublée, quand il m'a demandé une de mes Gitane, je la lui ai accordée, comprenant bien que face à un tel dilemme, une telle pression, j'étais impuissant.

Un sevrage trop difficile après vingt ans de traitement

Pierrot, ce jour-là, pour la première fois de sa vie, avait dû porter la main sur quelqu'un, et ce quelqu'un, c'était son père, lui aussi une force de la nature. Cet homme l'avait fait travailler sept jours sur sept à la visite guidée du musée et aux spectacles assis, animation d'une trentaine de minutes, le bloquant tout l'été et ne lui accordant que quelques remplacements ponctuels pour les visites guidées.

À la mi-septembre, il était toujours sans congés mais obligé de recevoir les cars de touristes dans ce petit musée fait pour une douzaine de personnes.

Pierrot, s'il arrivait quelque chose, savait que cela lui porterait un gros préjudice : il était épuisé, le risque était qu'il « craque » sur une personne désobligeante dans ce petit musée où il avait reçu plusieurs années sous un toit de tôle, été comme hiver. Son père, d'ailleurs, l'avait fait mettre dans le journal et sur le *net* : « l'Amusant Musée ne prend pas de vacances ».

Ayant développé le nombre de ses visiteurs, son chiffre d'affaires augmentait, mais pas ses revenus, car le contrat public avec l'association

« L'Amusant Musée » (Contrat Initiative Emploi, ou CIE) était de moins en moins aidé.

Une saison, un groupe de scouts s'était improvisé alors que les visiteurs, eux, étaient venus sur réservation. Il ne pouvait refuser les trente jeunes, enjoués de venir, ni renoncer à plus de marge pour sa visite. Tout s'était passé dans la bonne humeur, serrés comme des sardines dans la salle principale à une quarantaine ou plus (au lieu de trente à l'époque, douze, donc, plus tard), les jeunes debout pendant le spectacle.

Mais un autre jour, usé, et réussissant enfin à se passer d'anxiolytiques (l'anxiolytique du père étant la bière de l'après-midi) et ayant prévenu, Pierrot a décidé de ne pas recevoir un car et s'est enfermé chez lui, à côté du musée.

À la suite de cela, l'homme l'a encore provoqué ; de colère, Pierrot, à grands coups de pieds, a cassé des vitrines et est ressorti pour se ressourcer. Son père était sur les marches de l'entrée, ayant compris qu'après cela, il fallait maintenant empêcher le fils d'en rajouter. Pierrot, voyant l'homme, ce « gorille », faire barrage devant la porte, lui a foncé tête baissée dans le ventre, en plein estomac. Le patriarche, souffle coupé, s'est retrouvé sur le dos, les marches passé de l'entrée. Le fils, en chaussures robustes, se retrouvait à l'intérieur, un pied de chaque côté de la tête de son père. Il l'a épargné, car il aurait pu le défigurer. Deux minutes après, l'homme réattaquait en lui disant : « tu vois, il t'en restait, de l'énergie !».

Je me souviens que Pierrot m'a dit que devant son père, il s'est effondré en larmes et que celui-ci, ancien haut fonctionnaire de l'époque, jamais poussé à bout, n'avait pas compris que cette révolte, c'était l'énergie du désespoir. C'est tout ce qu'il m'a dit sur cette séquence.

Fin septembre de ce mois-ci, il devait partir avec Armelle, une amie parisienne, faire de la marche une semaine en Alsace. En arrêt maladie, il a dû fondre en larmes devant la Caisse Primaire d'Assurance Maladie pour avoir l'autorisation d'enfin se dépayser.

À part me voir la nuit, il ne quittait pas le musée, souvent nourri par sa mère. Avec ses sept cents euros par mois, pour lesquels il se faisait lui-même le bulletin de paye, il avait longtemps payé deux cents euros de loyer à son père pour cette vieille maison énergivore du grand-père, petit homme très talentueux en art mais tout aussi autoritaire et directif.

Voyages utiles
Le trajet aller-retour en Alsace a été fatigant pour Pierrot. Il y a fait un peu de marche, mais pas de randonnée. L'amie a sans doute été légèrement déçue, mais a profité de ses vacances.

Un ou deux ans plus tard, alors qu'il résidait dans une maison de repos (FAM), il a aidé cette amie à quitter Paris pour Saint-Nazaire.

Ils ont rempli à deux deux caves de grands sacs prêts à descendre cinq étages par l'escalier, rempli sa voiture pneus larges à craquer, l'amie sur le siège passager portant ce qu'elle pouvait sur ses genoux. Ils ont démarré à 16 h 55 derechef, pour éviter les bouchons à la porte d'Italie. Armelle lui a dit, je crois, à constater ce déménagement à deux, qu'elle n'aurait « jamais cru une telle prouesse physique possible ». Je pense qu'ils ont dû arriver autour de minuit, s'arrêtant seulement aux aires de repos. Souvent, Pierrot ne dormait que deux heures avant une lourde tâche, impatient d'être à l'œuvre et de l'avoir accomplie dans les formes.

Les amis chers pour Pierrot, il en prend soin, surtout quand il sait qu'ils sont dans le besoin. Dire qu'à cause de mon arrêt volontaire de mon traitement pour l'épilepsie, j'ai failli le perdre, mon ami Pierrot ! Peu fier de moi, pour lui et sa compagne, j'essaierai de retarder le sujet ; si je l'oubliais et l'occultais, n'en reparlons pas.

Pierrot : un colosse aux pieds d'argile

L'être sensible et courageux

Pierrot, émotif colosse aux pieds d'argile, prend des médicaments qui le rendent moins sensible, moins imaginatif aussi.

Dernièrement, j'ai vu comment, s'attendant à voir une petite vidéo d'un enfant de dix ans jouant avec une chèvre, vidéos et petits *clips* d'enfants et d'animaux qu'il affectionne plus particulièrement, il est tombé sur l'étreinte de ce gamin avec sa chèvre.

Le son de larmes l'a fortement troublé, chèvre serrée par l'enfant de toute sa force par le cou dans ses bras qui semblaient faits pour elle, de toutes ses forces et de toute sa tendresse aussi.

De son esprit d'interprétation, du son de ces larmes déchirantes d'un gosse qui semble avoir perdu sa mère qui serait là, inanimée, dans ses bras, il devinait que cette chèvre qui se laissait faire, non inquiète, un peu surprise et passive, dans son silence couvert par ces pleurs si clairs et réels qu'on en était pétrifié à n'en pouvoir éteindre ce *clip*, cette chèvre était visiblement destinée à être abattue pour la viande.

« Mais bordel ! Ils ne pouvaient pas arrêter cette vidéo et rassurer l'enfant, lui promettre qu'elle mourrait de sa belle mort, c'est-à-dire de vieillesse ! Peuvent pas lui dire que pour quelques os décharnés, on lui laisserait sa chèvre, qu'il joue avec elle, qu'elle lui grimpe à nouveau sur le dos, qu'ils partagent longtemps amour et tendresse innocents ? Merde ! Pour quelques bouts de viande, peuvent pas manger plus de couscous-carottes et pois chiches sans cette pauvre bête dont le cœur est celui de l'enfant ? »

Il était trois heures du matin quand Pierrot prononçait ces mots pendant que je lisais un livre passionnant, mais le voyant défait, qui prenait alors le médicament qui, il le savait, l'abrutirait mais lui ferait tourner cette page de sa mémoire, mémoire de pleurs trop douloureux, lui très empathique, je « décrochais » de mon livre pour lui changer les idées. Quatre heures, nous nous couchions, lui dans le lit que je ne fréquentais plus et moi dans le canapé, comme à mon habitude, devant ma télé, en sourdine.

Le lendemain, il me préparait mon café pendant que je dormais, me réveillait sans trop parler de la mésaventure de la veille et nous déjeunions, un peu dans « le cirage » d'avoir veillé tard. Une fois « émergé », comme il disait, il reprit la route pour aller continuer l'archivage des jouets et curiosités que son père avait stockés dans des cartons, dans son grenier.

Il avait sept mille jouets dans des greniers (trois mille au musée même) qu'il avait entrepris de photographier et de numéroter. Parfois, chez lui, seulement pour cette tâche, m'avait-il confié, lui qui ne buvait normalement jamais d'alcool, se dopait, le soir, pour démarrer, se faisait un mélange café whisky qu'il appelait son « *irish coffee* ».

Dès que ce travail de prise de vues de photographie sur fond uni a été achevé, avant d'aller rejoindre Christiane et de s'installer avec elle dans son rez-de-chaussée d'HLM, il a tout de suite interrompu cet *irish coffee*.

Parfois, il emportait son ordinateur chez moi au Mans, ou chez Christiane, où ils résident maintenant tous les deux : il retouchait les contrastes et couleurs de ses images tout en échangeant avec nous. Le résultat est visible sur un site, lui, peu visité, mais aussi fait pour être une considérable archive à la disposition de tous[3].

Pierrot usait les voitures une à une, voire deux par deux

Pierrot, dernièrement, concernant sa future retraite, pourtant n'ayant que la cinquantaine, mais n'ayant cotisé qu'une vingtaine d'années majoritairement sur des petits salaires, était inquiet pour l'avenir.

Pierrot est en fait arrivé chez son père dépressif, dans la maison mitoyenne au musée que

---

[3] https://jouetobjetancieninsolitea.jimdo.com/7000-objets-de-colllection/

le septuagénaire animait en passionné, l'homme l'ayant bidouillé à sa retraite avec les moyens du bord dans l'atelier de sculpture de son propre père, un sculpteur taille direct (technique que je décrirai plus loin) en art sacré.

Il a atterri là à la suite d'un CDI auquel il a dû renoncer, malgré, alors, un bon salaire, mais surtout de gros frais de déplacement.

Les déplacements étaient trop nombreux et trop longs : Le Mans-Charleroi le dimanche soir, Charleroi-La Louvière (Belgique) la semaine, et retour au Mans le vendredi soir, pour à nouveau quitter difficilement sa compagne dépressive en larmes le dimanche.

Tout cela l'a trop éprouvé, jusqu'à, durant une nouvelle prestation, ne pas pouvoir faire son travail chez PSA, incapable, trop tôt après une dépression, manquant de confiance en lui, de trouver l'allant pour demander de l'aide à ses collègues.

N'ayant pas fait son travail au bout d'un mois, il s'est laissé virer par son employeur, celui-ci prétendant ne pas avoir les épaules pour un arrêt maladie longue durée et Pierrot étant incapable de se battre seul, sachant qu'il aurait été accusé de faute professionnelle, la faute étant qu'il aurait dû renoncer à ce détachement à PSA, en pleine « mutation » de la Défense à Vélizy-Villacoublay, deux endroits dont l'aspect et la manière de travailler auront été très différents.

Son père a saisi l'aubaine. Le fils présent connaissait le mieux sa collection de jouets et pourrait la faire fructifier. Il l'a ménagé, au début, le sachant dépressif et lui trouvant un contrat aidé de deux ans, pouvant, d'une pierre deux coups, le rétribuer et lui prendre un loyer. Mais Pierrot, toujours sous antidépresseurs et voyant non pas qu'il ne pourrait se faire un salaire digne mais tout simplement qu'il toucherait un très petit revenu, investissait tout (prime pour l'emploi incluse), se considérant comme à son compte et non pas comme salarié d'une association, dont lui était le plus jeune et l'homme à tout faire.

En tant qu'ami et sans emploi, je suis entré à l'association, pouvant l'aider à aménager le musée pour l'accueil des adultes handicapés.

Mais Pierrot se désocialisait progressivement, tous ses vieux amis s'étant éloignés de lui et lui vivant plutôt la nuit, quand il venait me voir, prenant la route après une douche du soir et un café pour se dynamiser. Je n'ai pas mon permis et du fait de mon handicap, il devait venir me chercher et me ramener après m'avoir reçu. Il m'a dit un jour qu'entre les trajets pour les spectacles et ceux pour me voir, il avait bien usé une voiture. J'ai compris plus tard qu'il en avait usé deux.

Déjà, quand il était à en Belgique, voyant que sa voiture moyen gabarit l'épuisait plus que lui ne l'usait et lui coûtait cher en essence, il est passé au gas-oil avec une turbo diesel sept places qu'il n'avait pas payée cher là-bas. Elle n'était pas large mais longue et roulait bien et vite. Rentré en France, au musée, elle vieillissait cependant ou risquait de coûter cher à l'entretien, avec son turbo, et ne rentrait pas dans le garage. Il l'a revendue sans trop de perte dans la région mancelle, après expertise, pour l'estimer, par un spécialiste, et a pris une petite voiture française d'occasion à un revendeur spécialisé ; il a d'ailleurs fait marcher la garantie avant la date fatidique pour un cardan qui craquait.

Une petite anecdote qu'il m'a racontée, « prouvant l'effet euphorisant de l'antidépresseur au début » : il a échangé contre le passeport d'un jeune Maghrébin le véhicule français moyen gabarit, trouvant dommage que celui-ci ne serve pas et ne trouvant pas le temps de le vendre. Il l'a prêté à Lille, l'a récupéré à Tours après quelques mois et quelques menaces envers la mère du jeune homme au téléphone. Pour une fois, je dois dire que Pierrot a eu de la chance… de n'avoir eu qu'à nettoyer le siège arrière au shampooing moquette… Passons…

La voiture française, plus petite, après l'avoir conservée quelque temps dans son garage, il l'a revendue dans son village en saison plus creuse, car son père était intéressé par le confort d'une seize-soupapes anglaise d'une tante, confort et sécurité qu'ils n'avaient pas regrettés, surtout sur les longs trajets des spectacles. Moi aussi, cette voiture sièges cuir, je l'ai appréciée, lui, bon chauffeur, roulant avec souplesse.

Cette seize-soupapes était une belle voiture, même si c'était aussi une occasion, et surtout une belle âme car elle n'a fait faux bond à Pierrot qu'après leur tout dernier spectacle, et en plus au dernier coin de la rue du Bataclan, où ils allaient fêter cela. Cela leur a valu un retour à l'hôtel en taxi et un voyage en première classe en train à Sablé-sur-Sarthe offert par son assurance, qui n'avait jamais rien eu à débourser pour Pierrot en vingt-cinq ans de (bonne) conduite.

Voilà quelques aventures de Pierrot qu'il m'a décrites. Il y en a bien d'autres marquantes. Quoi qu'il en soit, si sa retraite avait pu être au kilométrage parcouru, il aurait été moins inquiet.

Les points manquants de la retraite de Pierrot

Si ses bonnes œuvres étaient comptées en points retraite, il en mériterait trois ou quatre beaux :

« Le Christ crucifié »

Déjà, à Charleroi, il a réussi à héberger un SDF deux semaines, alors qu'il sous-louait, SDF qui, en douce, pendant que Pierrot dormait, prenait sa dose d'acide pour s'endormir. Épuisé, la deuxième ou troisième semaine, il lui a laissé quelques billets de francs belges pour se trouver un gîte.

Pierrot avait été marqué par la phrase du jeune homme avant qu'il l'héberge, parlant la larme à l'œil, lui disant qu'il se sentait comme le Christ crucifié. Même si le Christ (avec une majuscule) est du domaine de la croyance, la crucifixion, elle, a existé et Pierrot, travaillé par cette image, avait jugé bon un répit pour cet homme que le premier venu lui devait.

Miguel et Marc

Quelques années après, alors qu'il logeait chez son père, sa mère lui a demandé d'héberger Miguel quelques jours, un jeune délinquant en recherche de travail.

Miguel, prévu pour l'hiver, travaillant la nuit au ramassage de volailles, est resté jusqu'à l'été, où il est allé camper dans la caravane du père de Pierrot, dans un bois où il a laissé quelques bouteilles et cannettes vides. Ce sont les parents de Pierrot, plus disponibles, qui ont fait le « nettoyage », après que le père en a eu « marre des abus de Miguel ».

Le jeune homme était un fieffé menteur, il avait même planté des graines de pavot dans le jardin de Pierrot, avec son acolyte, Marc, qui l'avait rejoint chez mon ami, comme si un gîte et un lit ne leur suffisaient pas.

Marc, qui fonctionnait au Valium, soi-disant pour son cœur, et Miguel avaient rapporté « d'une ferme », sans doute voisine du bois où était la caravane, deux machines à couper l'herbe qu'on leur aurait données. Pierrot se doutait qu'une, c'était un beau geste, mais deux, c'était surprenant. En effet, une quinzaine de jours plus tard, deux gendarmes venaient demander à Pierrot de récupérer des objets de jardinage derrière chez lui. Il leur a dit de voir par eux-mêmes et quand ils ont rapporté les deux outils, Pierrot n'a pu que constater que ces objets ne lui appartenaient pas.

Le « Bouquet »

Ce qui a le plus fait de tort à Pierrot a été qu'ils volent trois cents euros dans l'argent du musée.

Pierrot a longtemps cru à une erreur de comptabilité, mais quand il a appris par sa mère que son père croyait qu'il volait dans la caisse et qu'il voulait le mettre dehors, lui, son fils, qui travaillait jour et nuit sur le site *internet* du patriarche (à en avoir attrapé une phlébite aux jambes), la coupe a été pleine. Il n'a pas dénoncé Miguel, mais décidé de quitter le musée, de ne plus s'intéresser qu'au virtuel de cet emploi, reprenant des droits anciens au chômage en « fin de ce contrat CIE ». Déjà, le musée ne lui apportait plus de salaire, mais des frais de déplacement, comme président d'association et chauffeur des spectacles itinérants.

Quelque temps plus tard, sa sœur s'imposait à lui pour qu'il arrête ces activités : il choisit de quitter cette maison sombre et humide pour un Foyer d'accueil médicalisé tout confort (FAM), même s'il y régnait aussi une promiscuité et, plutôt que de revenir pour encore subir l'omniprésence du père, qui le lui avait demandé, toujours sans bail. Il s'est inscrit comme autoentrepreneur en vente de petits jouets, activité qu'il continuera chez Christiane. « Chez Christiane », par un avenant au bail, deviendra leur chez-eux.

Plus tard, le mot est passé comme quoi Miguel « serait décédé ». Encore plus tard, l'annonce est faite, de la réalité plutôt : que grâce à l'arrivée d'un enfant, il s'est assagi et a maintenant une vie rangée.

Une malchance durant son seul CDI

Pierrot, à La Louvière, se sentait bien au milieu du personnel de tous âges et de tous horizons, simples et conviviaux, contrairement au jeune personnel prétentieux chez un fournisseur du secteur automobile, à La Suze-sur-Sarthe, au sein du bureau d'études, qui abusait de sa gentillesse, supérieurs comme collègues, très individualistes, médisants quand il s'agissait de communiquer pour masquer leurs failles ou incompétences.

L'expérience de deux mois, dans cette même entreprise, mais à Nevers, avait été, elle, plus concluante, hors saison du musée, car Pierrot, avant de s'investir complètement pour son père, voulait essayer une nouvelle tentative dans la CAO (conception assistée sur ordinateur).

Le personnel avait été plus accueillant envers un jeune. Je me rappelle cependant qu'il m'avait décrit l'esprit moqueur envers un prestataire quinquagénaire qui, le malheureux, s'était endormi au volant sur l'autoroute, s'en était sorti indemne, mais sans voiture : il était raillé, d'après Pierrot, parce qu'il était encore prestataire, et donc livré à lui-même, un peu comme lui à La Suze. Mais ces jeunes n'avaient pas conscience qu'une carrière était rarement toute tracée, même sans problème d'orientation, problème qu'avait eu Pierrot, normalement thermicien de formation et non dessinateur étude II, qu'il a en partie compensé par une année de FONGECIF.

Bref, Pierrot avait démissionné de ce CDD malsain à La Suze-sur-Sarthe, où il avait commencé les antidépresseurs lors d'arrêts maladie, pour trouver dans les dix jours suivants, après quelques tests de DAO (dessin assisté sur ordinateur) sur le logiciel Catia, son CDI qui, pour sa première mission, l'avait envoyé à La Louvière, en Belgique, pas loin de Maubeuge, en France. Il devait par la suite être détaché à Bruges, jolie ville : la carotte.

Formé sur place dès le début de l'emploi, avec ses jeunes collègues français prestataires, avec qui l'entente était la meilleure, à un logiciel de base de données de CAO qu'il m'a cité mais dont j'ai oublié le nom (en tout cas un sigle) pour gérer les pièces du train en cours de conception, les assembler, ils avaient tous apprécié cette formation et le travail était agréable.

Jusqu'au jour où il a serré malencontreusement la main de son supérieur (et client) en Belgique sans faire exprès avec le signe de reconnaissance des francs-maçons qu'un ami de Maubeuge lui avait montré, fier de faire partie d'un groupuscule puissant (la Grande loge). Cet ami, avec qui il avait été colocataire pendant trois ans à Saint-Ouen (département 93, ou 9-3 comme on dit là-bas), il l'avait connu du temps où ils travaillaient dans la photographie en région parisienne. Tout se serait bien passé si ce supérieur ne s'était pas « pointé » à l'heure de la débauche pour lui demander un dessin rapide que l'homme aurait pu faire lui-même pour son propre supérieur. Le franc-maçon voulait sans doute échanger, mais Pierrot, n'ayant pas fait la poignée de main exprès, avait d'autres choses en tête et n'avait pas saisi.

Pierrot devait accueillir le SDF, qui n'avait pas la clé de ce qui était déjà une sous-location, à Charleroi, et quand le supérieur lui a demandé s'il voulait mettre au propre le petit dessin qu'il a mis un quart d'heure à lui dessiner à main levée, il lui a répondu : « je ne sais pas si je veux le faire, mais je vais le faire ». Le franc-maçon n'ayant sans doute pas apprécié, peu de temps après, Pierrot se retrouvait dans un coin de la salle, sur un vieux coucou qu'il n'avait jusque-là pas vu fonctionner. En effet, ce vieil ordinateur capricieux fonctionnait quand il le voulait, dessinant bien, mais était visiblement incapable d'être stable avec la base de données, ce que personne ne disait, mais qu'il a compris une quinzaine d'années après.

Le travail devenait épuisant nerveusement sur cette machine, le SDF faisait toujours acte de présence, les trajets de deux fois cinq cents kilomètres au Mans étaient sans solution, retenu affectivement par son ex-conjointe les week-ends, avec qui il avait trop longtemps fait le bouche-trou. De plus, cuisiner dans sa sous-location devenait difficile pour Pierrot.

Pierrot passa finalement une nuit à l'hôpital de son propre chef, reprit le lendemain à l'heure, alors qu'il était de l'après-midi, sa « chance », en deux-huit (une semaine du matin, l'autre du soir), mais cette fois, avec le double de médicaments. Ainsi médicamenté, il avait des absences que lui ne remarquait pas.

Un week-end, en larmes, il appela son supérieur à Paris (plus exactement Courbevoie) pour s'excuser et lui dire qu'il prenait un arrêt maladie. Il avait craqué, ne s'en remettrait jamais, réellement, drogué, cette fois-ci, à vie.

L'employeur, après l'arrêt maladie, le mit en formation avec un collègue une semaine à Courbevoie. Sa confiance en lui était perdue. Il en aurait vraiment eu conscience, il aurait su dire non pour le travail à la Défense et Vélizy, mais il connaissait mal cette maladie que, sans le réaliser, il traitait depuis un genre de *burnout* à dix-huit ans, s'imaginant qu'il redeviendrait vite comme trois mois plus tôt.

Il logera quelques semaines en sous-location chez Armelle, dans le treizième arrondissement, traversera matin et soir Paris, d'ouest en est le matin, levé très tôt, mais ne pouvant éviter les bouchons, surtout au retour, rentrant dans le treizième manger une soupe asiatique et se coucher, échangeant très peu avec son amie, lui étant encore malade. Il tentera, ultime recours, de loger à l'hôtel à la Défense pour sauver son emploi.

Toute sa paie passera dans ce deux étoiles pour éviter de traverser Paris. Son père lui en voudra longtemps de lui avoir emprunté et non rendu 5 000 FF (nous sommes un an avant l'euro), mais il comprendra très tardivement qu'ils ont fait ce qu'il fallait, c'est-à-dire tenter de préserver un CDI bien rémunéré, et lui fera cadeau de cette dette. Pierrot, il faut le savoir, aura cependant, plus tard, investi toute sa prime de reprise d'emploi dans ce travail au musée (aussi 5 000 FF).

La fin d'un emploi brinquebalant

Pierrot devait compenser les effets secondaires du traitement par un anxiolytique : cinq ou six ans après, il arrivait difficilement, enfin, à se passer de ce que le médecin spécialiste appelait un correcteur, pour nerveusement craquer sur son père (sa conjointe, une jeune vietnamienne trop immature malgré ses nombreuses qualités, prenant le parti du vieux monsieur, celui-ci mettant toujours les gens dans sa poche, chose d'autant plus facile que ce père avait une bonne retraite et un trésor de femme au foyer).

Pierrot a quitté le musée en 2008, musée qui a fermé en 2014 et a été vendu aux enchères sur demande de sa sœur. Pierrot était lui-même d'accord, même si l'écoulement des jouets référencés dans une nomenclature d'images aurait pu lui faire un complément de revenu.

Pierrot était devenu insomniaque de par les mauvaises habitudes conservées des deux-huit, puis au musée, puis dans la vente sur le *net*, très prenante. De plus, faire soixante kilomètres aller-retour de La Flèche à Sablé, pour peut-être un petit achat sur le site du musée[4], avec le risque de ne pas retrouver le carton sur les deux cent vingt référencés, le risque étant aussi que le carton et l'objet se soient dégradés dans une salle sujette à condensation, risque enfin que l'article, unique celui-là, n'arrive pas à bon port ou entier. Tout était trop aléatoire. Les anciens brocanteurs travaillant à la mise en valeur de l'enchère l'avaient dit à la suite de la vente, « beaucoup d'objets avaient été dégradés », sans doute ceux de plus de valeur, exposés au sein du « bâtiment » de l'Amusant Musée, qui, en l'absence de Pierrot, avaient pris l'humidité.

Pierrot déplore cet excès de confiance en lui, dépressif et sous médicaments, de la part de son père, surtout pour vouloir le faire persévérer dans un bâtiment mal préparé, ne pouvant recevoir qu'une quinzaine de personnes (douze en fait, mais le patriarche et fondateur refusant d'en tenir compte), n'ayant pas fonctionné déjà à trente visiteurs et demandant beaucoup d'entretien. Ce musée, plein de charme il est vrai, contenait beaucoup de nids à poussières du fait de l'exposition permanente des objets souvent sans vitrine. Le bâtiment était mal isolé et tout y était à refaire. Sa sœur lui a dit : « je ne sais pas comment tu as pu tenir et faire tout ça ».

---

[4] http://www.amusantmusee.com/

En fait, beaucoup de choses se faisaient en famille. Tout cela aussi faisait le charme du musée, mais un musée non viable, déjà, pour un seul petit salaire… sinon virtuellement par la mise en vente des objets, en complément de revenus. Encore, fallait-il avoir l'accord complet du patriarche, et enfin une confiance, là, justifiée. Car la collection n'aurait pas été vendue au quart de sa valeur, mais, au moins, aux deux tiers sur *internet*, sinon aux quatre tiers avec un écoulement très lent, les objets prenant de la valeur.

Pierrot avait réfléchi et réfléchi à toutes les solutions pour tirer de cette collection quelque chose, mais à chaque fois, son père faisait barrage : même en son site *internet*, il ne « croyait » pas. Pourtant, en novembre 2009, il avait fait treize mille visiteurs et dix-sept mille visites (avec ceux qui retournaient sur le site) et pouvait les refaire… mais à quoi bon avec un être buté qui n'a jamais vraiment voulu passer la main ni investir, à part dans une malheureuse enseigne qui maintenant fait pitié, et des jouets par plaisir de consommer ?

Il est vrai qu'un fils dépressif et un père patriarche auraient toujours eu du mal à s'entendre : pour un il était question d'avenir, pour l'autre : « Après moi le déluge ».

L'intelligence n'a pas eu le dessus.

Le musée, une association loi 1901, était

une entreprise familiale. Bien situé car dans un lieu de passage touristique en bord de Sarthe, il a fermé ses portes après 25 ans de loyaux services.

Ne reste de cette aventure que des supports numériques : un site internet de jouets et objets anciens insolites et amusants[5] et quelques DVD au numéro de téléphone obsolète.

---

[5] https://jouetobjetancieninsolitea.jimdo.com/

Chapitre II : Ses 90 kg, mes 75 kg et nos handicaps. Ma non-voyance.

Je devinais sa stature, mais n'en savais pas plus sur son physique

Depuis l'âge de treize ans, j'ai en quelques jours perdu la vue à cause d'une tumeur au cerveau. À vélo, je me suis rendu compte que je ne voyais plus rien, durant quelques mètres. La réaction de ma mère a été rapide, je devais me faire opérer. Hélas, la vue s'est vite complètement dégradée et durant l'opération, mon cerveau, malheureusement, a pris l'air, d'où mes crises d'épilepsie.

Ma non-voyance, car il s'agit d'une non-voyance, ne distinguant pas les bonnes couleurs et « voyant », surtout à contre-jour, distinguant seulement des semblants de silhouettes, m'empêche de m'orienter, ou plutôt, même, d'être autonome dans les endroits que je ne connais pas assez bien.

Mais ma plume est à Pierrot et nous parlerons de ce handicap à travers lui.

Ainsi, je ne distinguais sa taille ou sa carrure qu'en partie, mais alors, j'aurais dit qu'il n'atteignait pas les cent kilos. L'ayant connu peu après son arrivée au musée et grâce à son allant pour recevoir un groupe de non-voyants, mis en contact par une amie commune, il m'avait demandé s'il pouvait avoir des conseils pour en recevoir une trentaine dans ses locaux. Je n'imaginais pas le peu de soutien que j'avais pu lui fournir, jusqu'au jour où j'ai compris les difficultés que représentaient ces petits locaux et la diversité des objets : une caverne d'Ali Baba, en fait.

Il aura, après coup, été bien que je l'aide en logeant quelques jours chez lui, à côté du musée, avec une stagiaire dont c'était le projet et la tâche. Nous avons ainsi fait faire par Pauline, la jeune étudiante en tourisme, un plan en relief à la pâte à sel, et avons décrit les thèmes des vitrines du rez-de-chaussée en braille à la bande Dymo adhésive transparente qui me servait à nommer mes CD audio et les DivX qu'il a tout au long de notre amitié tenu à me faire découvrir. Je ne m'informais en effet de chez moi que par la radio et la télévision d'une culture très populaire mais peu avant-gardiste.

LE JUSTE RETOUR DES CHOSES

Heureusement, je lui ai donné quelques bonnes astuces, comme de choisir des objets amusants à faire toucher ou entendre, ou les deux, car le pauvre, il ne s'en serait pas sorti, « surtout face à l'indiscipline, sur la fin, de certains du groupe, impatients de toucher des objets précieux », m'a-t-il dit. En tout cas, je suis fier qu'en ayant un peu anticipé, il n'y ait pas eu de casse et que nous ayons aidé Pauline, encore plus tard, à rédiger une visite guidée en braille qui a servi par la suite et a été appréciée. Il avait notamment bien retenu, comme la stagiaire, que les non-voyants affectionnent les peluches.

Une autre de mes utilités est qu'il ait pu mettre en pratique les rudiments en braille que je lui ai enseignés, pouvant ainsi corriger nos fautes…

Son hypersensibilite
et attention pour moi

Quand il le fallait, Pierrot ne faisait pas dans la dentelle ou du moins était décomplexé.

Je me souviendrai toujours quand, pour trouver mes cigarettes, à portée de main pourtant, étant assis à côté de moi, il m'avait agréablement surpris : beaucoup de gens auraient perdu leur temps et Mon énergie à me décrire et me faire tâtonner près de l'endroit où celui-ci était, pour finalement me le donner. Lui avait naturellement pensé qu'il était plus efficace de me demander s'il pouvait prendre ma main, ce qui ne me gênait pas, et de la poser délicatement sur mon paquet de cigarettes.

J'ai beaucoup apprécié car, comme non-voyant, je prenais ainsi mes repères et saurais enfin où je déposais mes objets pour bien les retrouver chez lui.

La famille artiste

Je me souviens comment Pierrot, surestimant mes aptitudes de toucher, avait essayé, chez lui, à ma première visite, de me faire découvrir un plan du musée et de la maison qu'il traçait avec un porte-mine sans mine dans une feuille Canson, faisant ainsi un fil de creux pour tracer un relief qu'il me faisait suivre du doigt, le guidant de sa main douce.

Peut-être un non-voyant de naissance aurait-il pu un peu imaginer cette architecture, mais je crois cependant qu'une telle représentation de l'espace lui aurait été impossible, tout autant que de s'orienter dans ces « traits » sans la formation de dessin industriel que lui avait du dessin technique et de l'espace.

Peut-être a-t-il réalisé déjà nos limites, moi de non-voyant et d'être simplement humain, lui entre le sens pratique et la théorie. Il comprenait ainsi sa difficulté à se mettre à un niveau d'aptitude plus bas, celui de l'élève, que lui avait de trop longue date, dépassé, oublié.

Moi-même, cela m'a pris du temps, mais j'ai entrevu dans un magnifique rêve, ces rêves qui vous font toucher du doigt des sens que vous maîtrisez mal, ici son sens de l'espace, des volumes (voire de la vitesse car elle est liée à l'appréhension des formes et déformations dans l'espace) qui lui venait de son grand-père qui, m'a-t-il raconté, sculptait directement, à même le bois, sans ébauche, sans gabarit de terre de potier, comme l'aurait fait le maître de son maître, en l'occurrence Auguste Rodin.

Quoi qu'il en soit, cette maison tracée en relief était un bâtiment déjà complexe car vieux, à plusieurs marches, construit en plusieurs fois, « une maison d'artiste », de cachet sans doute, mais d'une complexité et d'un manque d'esprit pratique… ceux de son grand-père.

Son oncle, sculpteur comme son grand-père, avait tenté d'exploiter ces aptitudes dans la conduite automobile, du fait donc de l'appréhension de l'espace. Il avait été un très bon chauffeur de maître, d'après ses dires, mais n'avait pu percer dans la conduite de voitures de sport, ayant cependant à l'époque concouru au Mans.

Mon p'tit caractère à moi

J'ai pu caresser de mes mains la DS de son oncle (d'un magnifique bleu océan, m'a-t-il souvent dit) que l'on sentait luisante, bichonnée, comme toute voiture de collection.

J'ai vraiment apprécié de pouvoir à nouveau toucher une voiture dont j'avais encore les représentations en tête, en plus la voiture de mythe que de nombreux grands noms avaient utilisée. De plus, au toucher, aujourd'hui, des voitures actuelles, je ne reconnais plus rien, n'arrive pas à me représenter ces lignes que mes contemporains apprécient, ces lignes « bios » où je ne m'y retrouve pas. Les plis du capot de la 2CV, je les aurais reconnus, mais dans toutes ces formes, j'y perds mon latin, devant apprendre le japonais ou l'allemand pour m'y retrouver, moi qui n'aime pas les langues étrangères : tout cela pour moi, c'est du chinois. Le chinois, même en braille, ne m'intéresse pas…

À propos de sens de la désorientation… Pierrot n'a cependant pas voulu m'emmener chez son oncle, à cinquante mètres en amont du coteau, sur le chemin de la chapelle construite par le grand-père, maison encore avec plus de cachet, que j'imaginais donc pire avec ses quatre niveaux et escaliers peu pratiques, je crois en bois…

Moi-même, je ne suis pas croyant et mes périodes d'enfant de chœur ont plutôt été marquées par le souvenir du jour où j'aurais pissé dans un bénitier. Rassurez-vous, jeunesse s'est passée. D'ailleurs, j'ai toujours envoyé promener les témoins de Jéhovah quand ils me disaient que je recouvrerais la vue.

Mon p'tit caractère à moi, en pleine adolescence, s'est forgé avec la perte de ma vue. Pierrot vous raconterait comment je râle quand une voiture se gare sur le trottoir, quand ma canne, cherchant un bord de trottoir, se coince entre le pare-chocs de la voiture et le sol, pliant juste. Au mieux, je me « prends » parfois le genou dans une camionnette, et au pire : un rétroviseur de camion stationné « dans la tronche ». Les camions, tractopelles au repos, silencieux, inertes et lourds, sur mon itinéraire pour aller faire mes courses à Coulaines ou chez le buraliste prendre mon café et mes quatre paquets de cigarettes, je les ai en crainte, en horreur… C'est tout autre chose que « se prendre une porte entrouverte » dans le front, ou l'arcade sourcilière !

Les itinéraires « Christiane et Pierrot »

Christiane m'a beaucoup aidé à découvrir le trajet de chez moi à « La Tabatière », de la Tabatière à la boulangerie, et de la boulangerie à la supérette, mais elle, malvoyante de naissance, n'a jamais saisi, n'ayant pas le sens de l'abstraction, que pour moi, la ligne droite n'existe pas. Sans repère au loin, vous ne pouvez concevoir de ligne droite, vos pieds, votre cerveau infléchiront d'un côté ou de l'autre. Pierrot l'avait décrit pour moi :

Dans le désert, on ne s'oriente pas :

- Du fait du sol en relief ;

- Du fait qu'avec ces reliefs et les ressemblances du paysage, on se retrouve dans une monotonie, comme dans le noir, perdant de vue ses repères devant, derrière… autour.

Le pire est quand on me dit « c'est tout droit ! » en ne me donnant aucune direction, sinon celle d'un bras que je ne vois pas, d'un doigt, c'est-à-dire rien, pour un non-voyant.

Pierrot a essayé quelques techniques pour m'orienter en me mettant sur mon pas de porte, dos à l'entrée, et me montrant la direction, en dirigeant mon bras raide vers le but que nous décidions d'atteindre.

Un jour, moi qui appréhendais l'itinéraire côté promenade du parc, il m'a stoppé au moment du passage pour piétons, face à l'entrée de la Tabatière, et m'a dit : « Si l'on allait au *kebab* par la promenade ? » Là, il s'est mis entre moi et la direction du *kebab* pour ajouter : « mets ta ou tes mains sur mes épaules, d'où tu es. Le but à atteindre est dans cette direction ». Pierrot savait que s'il ne m'avait pas surpris, « me mettant au pied du mur », j'aurais renoncé.

Au début, nous avons étudié l'itinéraire, moi tenant son bras au coude, pour deviner, par ses crispations, les embûches. Plus tard, je reprenais l'itinéraire avec lui et progressivement, le suivais de ma canne blanche, « ma Blanchette », toujours ma main droite à son coude gauche.

Je n'ai jamais vraiment été autonome sur ce trajet, malgré différents essais avec Pierrot, mais la difficulté pour moi était que les bordures de l'allée étaient discrètes et étaient aussi à ma gauche : j'apprenais mieux avec ma canne de ma main droite (donc plus au retour, mais en rentrant, nous étions moins décidés à l'apprentissage et moins concentrés). Je reconnaissais vaguement quelques repères, mais plus pour lui faire plaisir. Ceux qu'il m'énumérait, cependant, entraient doucement par la répétition, ou en nous déplaçant pour toucher l'objet (coin de mur d'entrée, poteaux... haies, petit parapet, marches de la mairie, piliers de l'arrivée en terrasse du *kebab*). Pierrot me laissait bien le temps d'assimiler ces repères, voulait que je les palpe à pleines mains et c'est vrai que souvent, j'osais car le toucher marquait mieux.

S'il y avait un petit fossé où je risquais de trébucher, Pierrot me montrait comment le contourner de loin, sachant et me rappelant cette appréhension du vide, propre déjà à la malvoyante d'un œil et non-voyante de l'autre œil qu'est Christiane.

De la même manière que je ne connais pas la ligne droite, je n'ai pas le sens des distances en mètres ou centaines de mètres. Pierrot m'a signifié que de chez moi à la Tabatière, il y a deux cent cinquante et trois cents mètres par mes deux parcours ; que jusqu'au *kebab,* il y a presque le double, soit cinq cents mètres à pied, ou un demi-kilomètre.

De mon canapé, où je m'asseyais couramment, à ma cuisine, il y a quatre ou cinq mètres.

Quand, à trente et quelques années ou la quarantaine, vous n'avez pas souvenir d'un panneau « stop à cent mètres » ou que personne ne vous met les mains écartées à un mètre, les doigts sur l'outil de mesure, vous vous dites qu'enfin, les amis, plutôt que de vous taxer des clopes ou une bière achetées pour les faire venir chez vous, ça existe quand même, en Vrai, et ça peut finalement être dans les deux sens, comme vous, utile et pas uniquement intéressé.

Nos échanges

Les choses avec Pierrot étaient toujours des échanges, des partages, quand ce n'étaient pas ses élans du cœur, m'offrant par exemple un lecteur CD, MP3, DVD et DivX, dont je ne connaissais pas l'existence, le faisant sans doute parce qu'il était un peu frustré pour moi de ne pas me voir évoluer.

De la même manière, il me laissait choisir la destination, s'il fallait prendre la route, comme une fois pour voir une amie d'enfance et son mari du pays niortais.

Un jour cependant, il avait souhaité aller dans l'orléanais voir deux demoiselles asiatiques, mais avec qui cela n'a pas accroché, visiblement des jeunes femmes courtoises, mais des enfants gâtées. La visite d'« un château aux senteurs » adapté aux malvoyants a, elle, été la bonne compensation et nous avons dormi dans un rez-de-chaussée Formule 1, équipé pour le handicap donc, puisque lui aussi sans marches. Les bâtonnets parfumés que nous avions pu garder nous ont ainsi accompagnés jusqu'au retour au Mans, par les routes que Pierrot connaissait déjà.

Sa petite entreprise

Mais vers la fin de son emploi au musée, je sentais que financièrement, il avait de plus en plus de mal, se rétribuant de moins en moins et investissant de plus en plus. Heureusement que sa sœur est intervenue, prenant le risque d'un refus catégorique, il « n'aurait pas lâché l'emploi » : enfin un métier qu'il maîtrisait bien, mais hélas avec une subvention dérisoire et seulement de sa petite mairie.

Gênés lui comme moi, nous avions convenu de l'aider dans ses trajets, ma mère, le connaissant mieux avec le temps, le sachant un peu protecteur envers moi, même vis-à-vis d'elle. Car moi, voyant mal mes comptes en braille et souvent suspicieux, j'avais par erreur cru qu'elle s'achetait des parfums avec mon argent. Pierrot, qui trouvait ces suspicions malsaines, creva assez violemment l'abcès au téléphone avec ma mère, mon seul parent, mais au moins la confusion avait-elle disparu et on n'en reparla pas. Sur ces preuves de franchise, ma mère étant d'accord, pour ses allers-retours au Mans, je lui donnais vingt euros.

Jusqu'à ce qu'il aille en Foyer d'accueil médicalisé mieux découvrir et comprendre sa maladie, et ainsi mieux la gérer et « digérer » ce nouvel échec professionnel, nous avons continué de nous voir. Il m'a même reçu dans ce foyer très convivial.

Sa petite entreprise de vente de jouets neufs par internet démarrée au *FAM*, il la continuait chez Christiane, avec qui il a fini par sortir vers la même époque.

Moi, je ne savais comment lui dire que j'étais déjà avec une nouvelle compagne et lui attendait presque mon aval pour faire honneur à celle que j'avais de longue date appelée Kiki.

Christiane lui courait après depuis leurs quarante ans, que nous avions fêtés chez moi, où ils se sont rencontrés pour la première fois.

Pierrot avait du mal, meurtri par ses emplois, à sacrifier sa vie professionnelle pour ses amours. Quand il est arrivé chez Christiane, celle-ci m'a confié qu'il était « dur à cuire » pour le « décoincer » de son travail, qu'il continuait la nuit. Moi-même, je sentais bien qu'il évoluait pour compenser son dernier échec : il répondait moins au téléphone. Quand il s'est mis à vendre sur Amazon, cela a été difficile pour lui comme pour moi, je les voyais de moins en moins, parfois les entendais de moins en moins.

C'est là, je pense, que j'ai recommencé à prendre de moins en moins régulièrement mon traitement.

Voilà, mon Pierrot, ce qui fait que te consacrant de moins en moins à notre amitié, te sacrifiant encore pour un boulot qui, tu l'apprendras peut-être plus tard, n'est pas nécessaire, sortant cette fois d'un FAM avec un statut d'adulte handicapé obtenu en entrant là-bas, moi, j'ai glissé vers un laisser-aller.

Ne m'en veux pas, mon ami, si je ne maîtrisais pas les choses, vous perdre tous les deux, ce serait me perdre.

Excuse-moi, excusez-moi tous les deux.

Chapitre III : Nos retrouvailles

MA PLUME EST A TITI

« Allô, Thierry est mal en point... »

C'est par ces mots que je réalisais lentement que j'avais oublié, trop mis de côté, mon Titi, moi, Pierre, Pierrot, qui ai fait mettre « en noir », comme il disait, ce feuillet retrouvé en braille chez lui, un vrai pavé de ses feuilles épaisses, entrepris je ne sais quand.

Titi avait des talents d'écrivain, je le savais : il avait écrit un livre parlant d'une amitié d'un homme avec Rex, son chien. Cela lui a valu que le livre soit conservé à la médiathèque du Mans en braille, et qu'on lui décerne en remerciement un livre d'art en noir et braille sur Pablo Picasso.

Il a aussi, par la suite, inauguré des feux piétons, annonçant pour les sourds et non-voyants, en vibrant, que le feu passait au vert aux carrefours du centre-ville : à d'autres endroits, d'autres villes, un micro parle, mais le sourd ET non-voyant ne le remarque pas.

Pour ce faire, il faut, si vous voyez une boîte cylindrique suspendue au feu de votre côté, à côté du passage clouté, poser la main à plat sur les caractères en braille (en effet, sur cette partie du trottoir, la limite et l'emplacement sont signalés par des clous, pour leur relief qui, vous le saurez maintenant, sont de chaque côté de la route, peints eux aussi en blanc). La vibration, silencieuse et discrète du cylindre, annonce que vous pouvez traverser et que le feu piéton est vert.

Titi, mon Titi, qu'as-tu fait ?

À l'hôpital, Christiane et moi apprenons que Thierry a eu une crise d'épilepsie et est resté inanimé par terre on ne sait combien de temps chez lui.

Je ne trouve pas Titi si mal en point, quand nous nous voyons à l'hôpital et que nous fumons sur le perron notre traditionnelle cigarette. Cependant, il est en observation, aurait des problèmes d'incontinence. Je m'adresse donc à lui avec une voix douce, peut-être des mots moins compliqués. Titi, assis sur le pied de son lit, s'en étonne, je lui explique qu'on m'a recommandé de le ménager. Il me répond qu'il comprend. Mais, désolé, je vois que cela l'a un peu blessé, un peu comme si je lui avais parlé comme à un enfant.

Plus tard, une semaine ou dix jours après, nous le retrouvons dans un autre hôpital, plutôt une maison de repos, plus près de chez lui.

Thierry, quand nous arrivons, est là, un peu mou, un peu absent, mais il doit se changer pour se mettre en pyjama. Titi passe une demi-heure dans la salle de bains, nous comprenons qu'il est devenu très pudique car il n'ose dire qu'il ne trouve pas son pantalon pour la nuit.

Nous rendons visite à Thierry régulièrement, mais il n'est plus le même. Sa mère nous dit qu'« il semble avoir fait un AVC ».

La décision est prise, Titi ira dans une maison de repos en campagne, dans un village, Le Grand Lucé. Là, il est bien logé ; lui aussi, à son tour, est en FAM. Il y a là du personnel très humain, attentionné, qui sait mettre de la vie amoureusement pour ses malades.

Thierry, c'est difficile de le lui faire comprendre, devra rester dans ce foyer. Titi, handicapé à cent pour cent, moi à soixante — c'est injuste —, doit se faire à cette idée.

Nous lui récupérons quelques meubles dont sa chaîne hi-fi qu'avec un ami, nous lui installons dans sa chambre avec terrasse — mais cette terrasse, en premier étage, il ne la fréquente quasiment pas, sauf quand nous l'y invitons. Cette chaîne hi-fi qu'il aimait tant, ce sera plus le personnel qui la lui mettra en fonctionnement, sur ses vieux disques d'AC/DC, toujours ses préférés.

Thierry est plus lent, manque de réflexes, mais comprend tout. Nous-mêmes comprenons qu'il est obligé de faire un deuil douloureux, celui du temps où il avait tous ses repères, repères du confort d'un non-voyant : son ancien logement.

Le monde à rebours

Nous faisons, avec les vrais amis de Titi, les guignols. Christiane (Kiki), encore sans faire exprès, amuse la galerie. Nous prenons tous le café apporté dans la bouteille thermos, à quatre amis dans la voiture, tous les cinq sur la terrasse dans la bonne humeur, dont Sissi, une nouvelle amie qui a laissé Thierry découvrir son visage doux d'expression et de peau : Christiane éternue et fait sursauter Michael (Micky), qui nous éclabousse de café et atterrit les fesses au fond du carton sur lequel il était assis. Notre p'tit *clown* Kiki entre dans une crise de rire communicative. C'était le 9 août 2012, date de l'anniversaire de Titi.

J'ai arrêté mon auto-entreprise pour des raisons administratives et m'en trouve plus disponible.

Nous passons un excellent repas de Noël, un mercredi midi, avec Christiane, qui a acheté un bonnet de père Noël qui se déclenche au son d'un claquement et qui danse sur sa tête sur un air de *Macarena*.

Deux années s'écoulent ainsi, avec nos visites régulières, mais au deuxième Noël, Titi a l'air dans ses pensées, un peu grimaçant.

Thierry est gravement malade

Au goûter de la Saint-Jean sont réunis famille et amis des résidents pour faire le point avec quelques discours d'un personnel encadrant que nous apprécions tous.

La maman de Thierry nous confie que Titi va faire une chimiothérapie car il a une tumeur au cerveau confirmée : elle est revenue trente ans après, déclenchée par les IRM faites précédemment, à la suite du supposé AVC. En effet, les agrafes qui restaient après la première opération, avec les rayons, auraient fait des dégâts.

Le temps s'écoule, les visites sont difficiles pour Christiane, à qui cela rappelle sa mère décédée d'un cancer du sein et qui voit lentement partir Titi.

Je me souviens, dans les nombreux hôpitaux visités pour Thierry, avoir apporté un poussin en peluche qui sautille, jouet léger qui a un peu égaillé la visite avec Micky. Sissi, féminine, était présente et toujours discrète.

À son troisième anniversaire après sa crise d'épilepsie, Titi a le visage amaigri. Il est branché à de nombreux tuyaux. Je lui offre un chaton blanc en peluche mécanique et à piles qu'il a du mal à serrer dans sa main faible. C'est une de ces peluches sonores qu'il m'avait recommandées pour recevoir les trente non-voyants qui avaient occasionné notre rencontre.

J'y repense encore… une amitié si forte… et les larmes coulent.

À NOTRE THIERRY

Trois jours après, notre Titi décède.

Il aura une magnifique sépulture avec les résidents du foyer tous aussi authentiques dans leurs sentiments et émotions qu'ils continueront de lui signifier. Je serre la petite voisine de chambre de Thierry, trisomique, en pleurs, sa voisine à la terrasse aux pinsons, dans mes bras de cent kilos, l'assurant que Thierry est vivant, mais… ailleurs.

« Thierry, mon ami Titi, je suis là, toi dans ton rêve, moi sur mon astre, peuplé de souvenirs, chargé de maux, embrasé de ta sensibilité. J'espère que je saurai les décrire, ne parlerai pas faux. Dors paisiblement, laisse-moi le temps de retranscrire ce que tu m'as laissé en héritage. C'est moi qui te réveillerai à l'issue de ton voyage. Tu te réveilleras, je te l'assure, de ton vaisseau en transhumance, comme un roi accueilli à Paris, sortant d'une diligence.

Tu cesses de transpirer et de te retourner dans tes draps, je te retrouve là, tout haut, tout en haut ».

Damien siobuD

Remerciements

Je me réveille d'un doux rêve d'un monde de culture... c'est peut-être parce que j'ai mis mon roman dans les bonnes mains.

Les mains, et pas des moindres, de la très professionnelle correctrice relectrice Sandrine Marcelly, qui a toujours été d'attaque dès tôt le matin pour répondre à mon travail nocturne.

Merci à ma conjointe d'avoir accepté ce travail en partie de nuit, de jour aussi, donnant la priorité à ce roman-témoignage.

Merci à www.tobar.fr de nous avoir gracieusement prêté l'image de qualité du chaton blanc « *réveillé, je vous l'assure, de son vaisseau en transhumance, comme un roi accueilli à Paris* ».

Table des matières

Avant-Propos 7

Chapitre I : Mon ami Pierrot 9

    Le présent de Pierre 11

    Entre Tours et Bruxelles 13

        Pierrot dans le fief sabolien 13

        Un sevrage trop difficile après vingt ans de traitement 17

        Voyages utiles 19

    Pierrot : un colosse aux pieds d'argile 21

        L'être sensible et courageux 21

        Pierrot usait les voitures une à une, voire deux par deux 23

        Les points manquants de la retraite de Pierrot 28

        Une malchance durant son seul CDI 31

Chapitre II : Ses 90 kg, mes 75 kg et nos handicaps. Ma non-voyance 39

    Je devinais sa stature, mais n'en savais pas plus sur son physique 41

    Le juste retour des choses 43

    Son hypersensibilité et attention pour moi .. 44

    La famille artiste *44*
    Mon p'tit caractère à moi *46*
    Les itinéraires « Christiane et Pierrot ». *48*
    Nos échanges *50*
    Sa petite entreprise *51*
Chapitre III : Nos retrouvailles 55
    Ma plume est à Titi 57
        « Allô, Thierry est mal en point... » *57*
        Le monde à rebours *60*
        Thierry est gravement malade *61*
    À notre Thierry 62
Remerciements 65
Table des matières 67

© 2022 Damien DUBOIS-SIOBUD
Édition : BoD – Books on Demand, info@bod.fr
Impression : BoD – Books on Demand, In de Tarpen
42, Norderstedt (Allemagne)
Impression à la demande
ISBN : 978-2-3220-1816-1
Dépôt légal : Février 2023